KV-511-642

LEWSYN LWCUS

TRAED WADIN

DARLUNIO GAN
MORRIS
STORI GAN
GOSCINNY

ADDASIAD CYMRAEG GAN
DAFYDD JONES

www.dalenllyfrau.com

Gwnaeth yr awdur a'r arlunydd Maurice De Bévère – neu Morris – greu cymeriad Lewsyn Lwcus yn gynta ym 1946. Mae ffordd pobol o fyw wedi newid yn eithriadol ers hynny, ac mae Lewsyn wedi newid hefyd. Un o'r pethau pwysica wnaeth e, ym 1983, oedd rhoi'r gorau i smygu. Cyhoeddwyd stori *Traed Wadin* yn wreiddiol cyn i Lewsyn gymryd y cam pwysig hwnnw, a sylweddoli bod smygu yn gallu niweidio'i iechyd yn ddifrifol.

CYHOEDDWYD EISOES

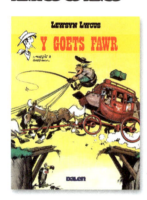 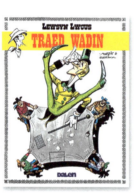

Llyfrgell Sir Y Fflint - Fflintshire Libraries

2995

SYS

JWFIC   £9.99

HO

www.dalenllyfrau.com

Mae *Lewsyn Lwcus – Traed Wadin* yn un o nifer o lyfrau straeon stribed gorau'r byd sy'n cael eu cyhoeddi gan Dalen yn Gymraeg ar gyfer darllenwyr o bob oed.
I gael gwybod mwy am ein llyfrau, cliciwch ar ein gwefan
www.dalenllyfrau.com

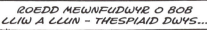

ROEDD MEWNFUDWYR O BOB
LLIW A LLUN – THESPIAID DWYS…

MARCH!
MARCH!
FY NHEYRNAS
AM FARCH!

GWÊD
TI!

…A WEITHIAU CAMAI LLO CORS NODEDIG I GANOL Y BYFFALO – FEL
YR ARCH-DDUG ALEXIS YNG NGHWMNI BYFFALO BILL…

¡YFVACH O HELVA
DDA! DYIOLCH,
BILYIOVITSH
BWFFALYIOVITSH!

…AMBELL I GWAC A BROFAI EI
FODDION RHYFEDDOL EI HUN…

Co'r Un
Y SIAMPŴ
SY'N STICO
AT DY RIBS

 OND CYFLYM IAWN Y CAWSAI'R
TRAED EU HUNAIN YN RHYDD O'R
WADIN, HWN, ER ENGHRAIFFT, YW
TECS – A NEB YN COFIO FOD EI
DADCU YN GRYDD O WLAD PWYL…

…AC YN ANGOF HEFYD AETH TADOGAETH Y BANDIT BARUS HWN
YMHLITH FFERMWYR TATWS LLWM IWERDDON…

…NEU'R INDIAD PRUDDGLWYFUS
HWN YR OEDD GANDDO DADCU YN
BREGETHWR ANGHYDFFURFIOL
YN YR HENWLAD.

EI BACHU HI O 'NA WNAETH Y
SAWL NA LWYDDODD I SETLO…

…ONIBAI EI FOD EISOES
WEDI DAL Y TRÊN OLA ADRE.

EI DRAED TRWM
TAN DRAED DRAMOR

4

NID TRAED WADIN, FODD BYNNAG, OEDD TRAED SIONI A RODDWYD I ORFFWYS YN BARCHUS...

RWY'N SHIWR FYDDE 'RHEN SIONI MOYN I NI GÂL GWYTRYN YN Y SALŴN ER COF AMDANO.

GYFEILLION, GA I GYNNIG LIFFT I RYWUN?

BRRR...

DIM DIOLCH, GWILYM PRICE!

DIAWCH, FE FYDDE'N NEIS CÂL DREIFO RHYWUN I'R SALŴN AM UNWAITH...

DRUAN Â SIONI! WEDD E JEST Â CHYRRAEDD EI GANT. BYDDE FE 'DA NI FAN HYN NAWR TASE FE OND WEDI ANELU'N DEIDI AT Y BYFFALO 'NA!

ODD TANCO CYN MYND MÂS I HELA DDIM YN SYNIAD DA, COFIA. AR Y DDIOD MA'R BAI, WEDEN I.

OND TASE'R BYFFALO WEDI CAEL SHACLAD HEFYD, BYDDE FE DDIM WEDI BWRW SIONI...

NA, DIL. ARLLWYS DIFERYN O'R BOTEL BERSONOL I MI.

O IE, Y WISGI SBESIAL 'NA SY 'DA TI O'R ALBAN...

HEI, JACS CAE CUL, SAI'N COFIO CLYWED SIONI ERIÖD YN GWEUD GAIR DA AMDANOT TI. BYDDE FE WEDI DY LENWI DI Â BWLEDI TASET TI'N TYWYLLU'R PIET AR EI RANSH E!

A DYNA PAM ROEDDWN I AM WNEUD YN SICR FOD YR HEN FFŴL YN EI BRIDDELL CYN I MI FYND ATI I GAEL FY MACHAU AR Y RANSH!

PAID TI Â SIARAD FEL 'NA AM YR HEN FFŴL!

CLATSH!

HEI BOIS, MA'R DYRNE'N HEDFAN!

5

SBLASHH!

'NA BETH RWY'N GALW'N WASANAETH COFFA!

TRUENI NAD ÔDD SIONI 'DA NI I GLYWED Y DEYRNGED!

4A

FONEDDIGION... I SIONI!

SIONI!

OS YDY JACS CAE CUL YN BARNU Y CAIFF O'I DDWYLO'N RHWYDD AR RANSH SIONI, YNA MAE O'N TWYLLO'I HUN...

SHWT 'NY, JEFFERSON?

Y FI OEDD TWRNA SIONI, A DWI'N GWYBOD MAI EI ENW IAWN O OEDD EDRYDD BRYEINT GELLILYFDY. ROEDD O'N PERTHYN I FONEDD YN YR HENWLAD, OND MI DDOTH O YMA I'R GORLLEWIN FLYNYDDOEDD YN ÔL OHERWYDD RHYW SGANDAL NEU'I GILYDD...

WEL, MAE GYNNO FO UN ETIFEDD YN WEDDILL. EI ENW O YDY WALDO GELLILYFDY, AC MI DWI 'DI CYSYLLTU EFO FO I DDEUD Y BYDD Y RANSH YN CAEL EI WERTHU AM Y PRIS UCHA OS NA FEDAR O DEITHIO ALLAN YMA I'R GORLLEWIN I OFALU AM STAD EI HEN EWYTHR.

OND FE NEITH JACS CAE CUL BETH BYNNAG SY RAID I GAEL GAFAEL AR Y RANSH!

DWI'N DIBYNNU AR BLAIDD YR INDIAD I'W ATAL O. DDARU MI OFYN IDDO WARCHOD Y RANSH YN LLE DOD I'R CYNHEBRWNG HEDDIW. ERS PAN WNAETH O ACHUB BLAIDD YN FABAN BACH MEWN LLADDFA ERCHYLL, ROEDD SIONI FEL TAD IDDO.

FE WNEI DI DDAL ANNWYD OS WYT TI'N MYNNU DOD MÂS O'R SALŴN FFOR' HYN, BOS...

RANSH SIONI YW'R UNIG BETH DWI AM EI DDAL!

4B

7

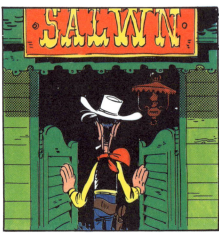

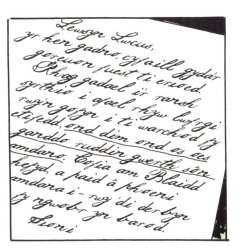

10

13

14

*ANTERLIWTIWR TOREITHIOG A BALEDWR OEDD ELIS Y COWPER (ELIS ROBERTS) A FU'N GIGNOETH FEIRNIADOL O'R RHYFEL DROS ANNIBYNIAETH YN AMERICA.

17

GO DDA, MAE POPETH YN EI LE. MI AF I BARATOI, AC YNA CAWN EISTEDD WRTH I GINIO GAEL EI WEINI.

GWLEDD A BARATOWYD GAN BLAIDD. CYSTUDD PRUDD I MI YW GORFOD CYHOEDDI MAI SYLFAEN Y SAIG HWN YW PEMICAN A CHACENNAU GWENITH Y BWCH.

AC YMDDENGYS NA FYDDAI EICH HEN EWYTHR YN YFED DIM HEBLAW WISGI SIÔN HEIDDEN.

BLE MA' BLAIDD?

OFNAF EIN BOD YN WYNEBU YCHYDIG O ARGYFWNG YN HYNNY O BETH, SYR.

MAE BLAIDD YN GWRTHOD CAMU I'R YSTAFELL HON TRA BOD, YM, HWNNA YMA.

MAE'N DWEUD EI FOD YN EI ATGOFFA O'R FFWLBART DIEFLIG SY'N ADDURNO POLYN TOTEM EI LWYTH.

WEL, PRIN Y CAFODD YR HEN RYDDERCH GELLILYFDY GYFLE I FYND I'R AFAEL AG UNRHYW BETH YN YR ARFWISG YNA, A DI-NOD IAWN OEDD EI GYFRANIAD I ACHAU'R TEULU. ALLAN Â'R ARFWISG, FELLY – EFALLAI Y CAWN DDEFNYDD IDDO YN Y MAN.

A DYNA, YN WIR I CHI, SUT Y CAFODD BWGAN BRAIN HYNOTAF GOGLEDD AMERICA EI HUN YN SEFYLL MEWN GARDD LYSIAU YN NGHANOL Y TALEITHIAU A'R PEITHIAU MAITH...

CYSTAL I NI FYND I CHWILIO AM GWPWL O GOWBOIS I WEITHIO 'MA... A GWELL I NI DDOD O HYD I DDILLAD GWAHANOL AR DY GYFER DI HEFYD.

ONî CREDWCH FOD Y DILLAD YMA'N ADDAS?

YN Y CYFAMSER, YN Y SALWN...

MAE'N SIWR Y BYDD Y LLO CORS 'NA AM DDOD O HYD I DDYNION I WEITHIO AR Y RANSH. MI DALA I'N WELL NAG E I UNRHYW UN FYDDAI AM YSTYRIED MYND I WEITHIO YNO.

OND BOIS, MAE CROESO I CHI DDYSGU GWERS NEU DAIR IDDO. RHO 'MHOTEL BERSONOL I'N SAFF WNEI DI, DIL? RHAID I MI FYND.

YDY'R DILLADACH YMA'N FY SIWTIO I?

TI FYDD YN SIWTIO'R DILLAD CYN BO HIR, WALDO!

SALW

19 A

O, NEFI BLW!

BE SY'N BOD?

OES GLANHAWYR YN Y DRE 'MA? MAE GEN I SMOTYN BACH O LAID FAN YMA...

PAID TI Â BECSO. FFEINDIWN NI RWBETH I'W GLANHAU E YN Y SALWN!

HMMM... WATSHA DY HUN. DYW PETHE DDIM YN EDRYCH YN ADDAWOL.

19 B

21

FONEDDIGION, CAWN DRAFOD BUSNES YN Y MAN. OND YN GYNTAF, YM... MAE'R DIODYDD ARNA I!

BETH AMDANI?

BETH AM Y WISGI YNA? DAFARNWR, LLYMAID I'R GWŶR DA SYDD YMA WEDI YMGYNNULL.

POTEL JACS CAE CUL YW HONNA. SNEB ARALL YN CAEL TWTSH Â HI.

O'R GORAU, O'R GORAU. NAWR, MAE ARNA I ANGEN DYNION I WEITHIO AR FY RANSH. RWY'N CYNNIG AMODAU GWAITH FFAFRIOL - TÂL TEG, PENWYTHNOSAU'N RHYDD, A PHANED AM DDEG A THRI BOB DYDD.

SDIM WHANT MYND I WEITHIO I LO CORS AR NEB FAN HYN. SMO TI HYD YN OED YN GWBOD SHWT MA' SAETHU'R DRYLL 'NA SY 'DA TI!

'DRYCH!

BANG!

GAD LONYDD IDDO FE. GALL E DDYSGU DANGOS EI HUN, A SAETHU CEINIOGE, YN DDIGON RHWYDD!

OND LEWSYN, MAE AWGRYM FOD HON YN GÊM FACH DDIFYR...

?

GLYWSOCH CHI 'NA FECHGYN? GÊM FACH DDIFYR!

BANG!

22

SIASBAR, DEWCH I NI DWTIO RHYWFAINT AR ÔL EIN HYMWELWYR. SIASBAR? SIASBAR?

GRESYN GEN I ORFOD DWEUD NAD OES BWRIAD GENNYF AROS EILIAD YN HWY YN Y TŶ HWN...

DOES MO'R OTS GEN I WELD CEFFYLAU YN Y PARLWR NA'R CELFI'N CAEL EU DIFRODI. BÛM TRWY WAETH NA CHLYWED SŴN TANIO GYNNAU O GWMPAS Y BWRDD GWLEDDA...

OND I BOERI AR GARPED - NI WELAIS ERIOED MO'I DEBYG, DDIM HYD YN OED YM MHRESWYLFEYDD DUG CAERIGIAN, AP MAESRHOCHIAN!

SIASBAR, PAID Â GWEUD BO TI'N MYND I'N GADAEL NI NAWR...

24A

O'R GORAU, RWY'N FODLON GOHIRIO FY MHENDERFYNIAD HYD NES Y BYDD Y TRAFFERTHION PRESENNOL WEDI EU DATRYS.

SUT ALLWN NI REDEG PETHAU AR Y RANSH HEB GOWBOIS I WEITHIO 'MA?

COD DY GALON...

FE WNAWN NI'R GWAITH EIN HUNAIN!

WRTH I'R DYDDIAU FYND HEIBIO, MAE LEWSYN LWCUS YN DYSGU CREFFT Y COWBOI I WALDO...

DDIM YN DDRWG, NAD BONHEDDWR WYT TI

WALDO, OND COFIA MAWR O'R BALA FAN HYN...

A GYDA'R HWYR MAE WALDO A SIASBAR YN GWNEUD EU GORAU GLAS I DDOD Â LEWSYN A BLAIDD I'R YRFA CHWIST...

MORRIS & GOSCINNY 24 B

RWY'N MYND I GODI RHAI PETHE YN Y DRE. OES ANGEN UNRHYW BETH ARNOT TI?

BYDDAI COPI O RIFYN CYFREDOL Y DRYCH* YN DDERBYNIOL.

YN Y DRE

* PAPUR CYMRAEG A GYHOEDDWYD YN EFROG NEWYDD

SHERIFF, MAE JACS CAE CUL WEDI CAEL EI LOFRUDDIO! GYRHAEDDODD E BYTH ADRE NEITHIWR, A BORE 'MA FE DDAETHON NI O HYD I'W GEFFYL AR DIR Y LLO CORS 'NA!

...WEDD EI HET E 'NA 'FYD, AC ÔL GWAED ARNO!

SMOI'N CREDU TAW MÂS FAN HYN YW'R LLE I DRAFOD MATER MOR DDIFRIFOL. EWN NI DRAW I'R SALŴN.

WEDODD JACS CAE CUL FOD Y LLO CORS WEDI BYGWTH EI LADD E!

TRAED WADIN NEU BEIDIO, BYDD RHAID IDDO DALU AM HYN!

SDAG E DDIM HAWL I DDOD MÂS FAN HYN A LLADD NEB!

EITHA REIT!

DYW WALDO HEB FOD MÂS O 'NGOLWG I, SHERIFF. MAE E'N DDIEUOG!

DRUAN Â JACS. CEITH NEB DWTSH Â'R BOTEL 'NA NAWR!

NAWR, NAWR! MA' GYDA'R LLO CORS HAWL I GAEL GWRANDAWIAD TEG!

FE GEITH E WRANDAWIAD TEG! ODI'R RHAFF YN BAROD?!

27

GYFEILLION, A GAF I GYMRYD EICH NEGES?

GWED 'THON NI BLE MA' DY LO CORS O FISHTIR!

NID YW'R MEISTR YMA AR HYN O BRYD. FEDRWCH CHI ALW ETO?

I MEWN Â NI BOIS! SMO NI'N GADEL FAN HYN NES BO NI'N FFINDO MÂS BLE MAE E'N CWATO!

NID OES GENNYF FWRIAD YN Y BYD I RWYSTRO RHOD CYFIAWNDER. OND RWYF WRTHI AR HYN O BRYD YN TWTIO'R TŶ, AC AR FY MYW CAIFF NEB DDOD I MEWN AR GEFN CEFFYL!

FODD BYNNAG, MAE CROESO I CHI DDEWIS DAU O'CH PLITH I ARCHWILIO'R TŶ.

BE NI'N NEUD NAWR 'TE?

GYDAG E MAE'R REIFFL... DERE I NI NEUD FEL MAE E'N GWEUD.

GWISGWCH Y SLIPERI YMA. MAE'R LLORIAU NEWYDD EU CWYRO.

YMHEN TIPYN...

DYW E DDIM 'MA! RHAID BOD LEWSYN WEDI EI RYBUDDIO FE, OND GALL E DDIM FOD YN RHY BELL!

HMMM... DYW HYN DDIM YN DDA. MAE'R PAITH YN EANG, A NUNLLE I GUDDIO.

NI RAID I'R MEISTR GUDDIO RHAG CYFIAWNDER.

© MORRIS + GOSCINNY

Y GROCBREN GYNTA, CYFIAWNDER WEDYN.

29

DRANNOETH... DEFFRWCH, BOIS, MAE'N DDYDD! HEDDI, FE FYDDWCH CHI O FLAEN EICH GWELL!

YN Y SALŴN? WRTH GWRS!

MA' 'DA CHI'R SEDDI GORE YN Y TŶ, DRAW FAN 'NA.

YR ANRHYDEDDUS FARNWR J. EDGAR HWFA MÔN. PAWB I GODI!

© MORRIS + GOSCINNY

REIT 'TA, BE SGYNNON NI YN FAMA 'WAN?

WNEWCH CHI SYMUD LAN TAMED BACH?

'NA FE, 'NEITH HYN YN IAWN.

32

34

WNAIFF AELODA'R RHEITHGOR GODI...

IAWN. STEDDWCH, HOGIA. NAWR, WNAIFF Y TYSTION AR RAN YR ERLYNIAD GODI...

MAE HYN YN ANGHYFREITHLON, YN GWBL ANGHYFREITHLON!

TAW PIAU HI! OS NAD YDY'R DIFFYNYDD AM GAEL EI GROGI CYN I NI WRANDO'R DYSTIOLAETH, DWI'N AWGRYMU EI FOD O'N CYMRYD GAFAEL ARNO FO'I HUN!

COLONG
COLONG
COLONG

CYN CYCHWYN, FASA FO'N BETH REIT NEIS CAEL MUNUD O DAWELWCH I GOFIO'N CYFAILL JACS CAE CUL. DYLSA'R RHEITHGOR, WRTH GWRS, BEIDIO Â GADAEL I HYN DDYLANWADU AR EU DYFARNIAD.

Jacs
Fw'croguer eto

AR ÔL CLYWED TYSTIOLAETH HIR A DIFLAS YR ERLYNIAD...

DYNA NI, FELLY. AMSAR RWAN I'R RHEITHGOR DRAFOD EU DYFARNIAD.

© MORRIS + GOSCINNY

JIW JIW! DÝN NHW DDIM ARFER TRAFFERTHU TRAFOD.

GALL HYNNY FOD YN ARWYDD DA.

WEDI YMRAFAEL AG ENAID A CHYDWYBOD, RŶN NI WEDI DOD I BENDERFYNIAD.

SEF...?

DYDD MERCHER.

DYDD MERCHER? BETH AM DDYDD MERCHER?

WEL, MEDDWL WÊN I, GAN EIN BOD NI WRTHI'N DOD Â'R GWAIR MIWN JEST NAWR, MAI DYDD MERCHER FYDDE'R DIWRNOD MWYA CYFLEUS AR GYFER Y CROGI.

MAE HYN YN WARTHUS! MAE'N GWBL AMLWG I BAWB EIN BOD NI'N DAU YN DDIEUOG!

TAWCH, NEU MI YCHWANEGA I DDIRWY AT Y DDEDFRYD! CAIFF Y DDAU GARCHAROR EU CROGI AM UN O'R GLOCH AR DDYDD MERCHER.

COLONG COLONG!

CANOL DYDD, EICH ANRHYDEDD. BYDD Y PLANT NÔL YN YR YSGOL AM HANNER 'DI DEUDDEG, A LICEN I FOD 'NA I FARCO'U LLYFRE GWAITH NHW.

CANMOLADWY IAWN. AM GANOL DYDD Y BYDD HI FELLY.

IAHŴŴŴ!

OS GALLI DI DDALA'U SYLW NHW, RWY'N MYND I DRIAL RHWBETH...

GYFEILLION, GADEWCH I MI ADRODD YCHYDIG EIRIAU, A YSGRIFENNWYD DRO'N ÔL GAN LO CORS ARALL FEL MYFI – GRUFFUDD AB YR YNAD COCH...

DAW'R GEIRIAU URDDASOL DRIST A CHANLYN O'I FARWNAD I LYWELYN AP GRUFFUDD, ADLAIS O DDUWCH Y GAEAF HEB ARGOEL O'R CEINDER A'R FFYNIANT I DDOD...

FALLE DDYLEN NI EI GROGI FE NAWR...

"NID OES LE Y CYRCHER RHAG CARCHAR BRAW, NID OES LE Y TRIGER, OCH O'R TRIGAW"

CRASSHH!

AHA! ÔN I'N DECHRE BECSO...

MAE E WEDI DIANC!

ÔDD EI GEFFYL YN DISHGWL AMDANO. UN CLEFER YW E!

FE DDALIWN NI LAN AG E UN O'R DIWRNODE 'MA...

WEL, MA' HYN YN MEDDWL Y CEWN NI GODI'R GROCBREN ETO, A CHÂL DWBWL Y SBORT!

MI 'DACH CHI'N GWBOD MAI'R UNIG FFORDD I GADW'R PETHA 'MA MEWN TREFN YDY RHOI'R DIFFINYDDION I EISTADD YN DDIGON PELL I FFWR' O'R FFENESTRI! MAE'R UN PETH YN DIGWYDD BOB TRO! RWAN, EWCH Â'R LLO CORS NÔL I'W GELL!

AR DERFYN DYDD, MAE'R SALŴN WEDI TAWELU...

DIWRNOD ARALL DA O WAITH. MA' DOD Â'R CWRT MEWN I'R SALŴN YN WYCH AR GYFER BUSNES...

GWYDRYN O LAETH, A WEDYN GWELY...

PREIFAT

AAAA!... FY NGHWOTA DYDDIOL...

COD DY DDWYLO!

SHW MAE, DIL!

MORRIS + GOSCINNY

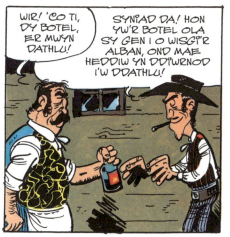

TAMMM..... 💀 TAMMM... 💀 TAMMM.... 💀

WEL, SHERIFF, SUT MAE'R CARCHAROR YN WYNEBU EI FORA OLAF?

MAE'R CARCHAROR AR BEN EI DDIGON, JEFFERSON. FI SY'N DECHRE MYND YN DŴ-LAL!

TAMMM... TAMM... TAMM

MA' BLAIDD WEDI BOD YN CURO'R TABWRDD DU DRWY'R NOS, AC MA' CELL WALDO GELLILYFDY YN DEBYCACH I BARLWR GWESTY MOETHUS. AC MAE E'N DREWI O DE!...

SIASBAR, BYDDWCH YN MYND Â'R LLYTHYRAU YMA YN ÔL GYDA CHI I'R HENWLAD. PAN GYRHAEDDWCH CHI YNO, CEISIWCH DDEWIS MEISTR NEWYDD A FYDD YN EICH SIWTIO...

...OND ER MWYN Y NEFOEDD PEIDIWCH Â GWASTRAFFU EICH ANADL AR YR HEN NEFYDD EDNYFED 'NA SY'N GAFAEL YN EI GLYBIAU GOLFF FEL PETAI'N GODRO BUWCH!

YN IAWN, SYR. MAE'R TWRNAI MISTAR JEFFERSON LLWYD YMA I'CH GWELD, SYR.

GADEWCH Y TWRNAI I MEWN, BORTHOR.

STOPWCH GALW FI'N BORTHOR.!!!

GYFAILL MWYN, DYMA FY NGHYFARWYDDIADAU OLAF. FY NYMUNIAD YW RHANNU'R TIR SYDD YN FY ENW YN GYFARTAL RHWNG LEWSYN LWCUS A BLAIDD...

DYLAI GWEDDILL FY EIDDO FYND AT SIASBAR.

AHEM, AHEM.

LLAI O HYNNY, SIASBAR. RYDYM OLL DAN DEIMLAD, OND FE DDANGOSWN IDDYN NHW EIN BOD YN GWYBOD SUT I WYNEBU'R DIWEDD AG URDDAS.

PEIDIWCH AG ANOBEITHIO, WALDO. TYDAN NHW'M 'DI DOD O HYD I LEWSYN LWCUS ETO, A BASA FO DDIM YN TROI EI GEFN AR GYFIAWNDER.

CAWN OBEITHIO. PANED, MISTAR LLWYD?

MAE TRIGOLION Y DREF YN GWNEUD YN SIŴR FOD JACS CAE CUL A DILWYN Y SALWN YN DAL EU TRÊN...

BANG! BANG! BANG!

FE'U GADEWN YN WYNEBU ANSICRWYDD EU TYNGED MEWN GORSAF RHYWLE YNG NGHANOL BANG DIROEDD GOGLEDD AMERICA...

HEI, SBÏWCH AR Y DDAU DDÏWD FFANSI 'MA A'U TRAED WADIN!

MAEN NHW'N HAEDDU...

...CROESO CYNNES!

YN Y CYFAMSER

BYDDAI GARDD FLODAU A CHWRS GOLFF YN DDYMUNOL FAN YMA. MAE GEN I AWYDD DECHRAU MYND AR ÔL BLEIDDIAID GYDA CHŴN HELA HEFYD...

AHEM, AHEM.

IE, SIASBAR?

A WNAETH SYR DDATRYS YR HOLL DRAFFERTHION A OEDD YN WEDDILL?

DO WIR, SIASBAR.

YNA OS YW'N DDERBYNIOL I CHI, SYR, AC ER FY CHWITHDOD, CARWN RYDDHAU FY HUN O'CH CYFLOGAETH YN AWR.

43 A

TESTUN TRISTWCH MAWR I MI YW HYN, YN NATURIOL, OND RWY'N LLAWN DDEALL EICH AWYDD I DDYCHWELYD I'R HENWLAD A...

NA, SYR, NID YW'N FWRIAD GEN I FYND YN ÔL ADRE...

MAE'R WLAD HON YN LLAWN CYFLEOEDD, AC, OS MADDEUWCH I MI, SYR, RWYF WEDI HEN ALARU AR WEINI AR Y BONEDD...

FE DDYWED FY MRAWD, BLAIDD, FOD AUR YN RHIN Y GORWEL DRAW...

A GYDA'R WAWR...

POB HWYL, SIASBAR!

IÔ, WALDO!

BLAM BLAM! BLAM!

© MORRIS + GOSCINNY

43 B

45

CYHOEDDWYD YN GYNTAF YN 2008 GAN
DALEN, GLANDŴR, TRESAITH, CEREDIGION SA43 2JH

MAE DALEN YN CYDNABOD CEFNOGAETH ARIANNOL CYNGOR LLYFRAU CYMRU
ISBN 978-1-906587-00-0
CYHOEDDWYD YN WREIDDIOL YN FFRANGEG FEL
LUCKY LUKE - LE PIED-TENDRE
HAWLFRAINT © Y TESTUN CYMRAEG, DALEN 2008
HAWLFRAINT © DARGAUD ÉDITEUR PARIS 1968
GAN GOSCINNY A MORRIS
© LUCKY COMICS
WWW.LUCKY-LUKE.COM
CEDWIR POB HAWL. NI CHANIATEIR ATGYNHYRCHU UNRHYW RAN O'R
CYHOEDDIAD HWN, NA'I GADW MEWN CYFRWNG ADFERADWY, NA'I
DROSGLWYDDO MEWN UNRHYW DDULL NA THRWY UNRHYW FODD
HEB GANIATÂD YMLAEN LLAW GAN Y CYHOEDDWYR
ARGRAFFWYD YN Y WERINIAETH TSIEC GAN GRASPO